Kristallhöhlen
Zerklüftete Berge
Blubbernder Sumpf
Schlafsee
Das Schattenland
Blaue Bucht
Feuerinsel

Katrina Charman

Der letzte Feuerfalke und die Kristallhöhlen

Band 2

Bisher erschienen:

Band 1: Der letzte Feuerfalke und der Stein der Macht
Band 2: Der letzte Feuerfalke und die Kristallhöhlen
Band 3: Der letzte Feuerfalke und die flüsternde Eiche
Band 4: Der letzte Feuerfalke und der geheimnisvolle See
Band 5: Der letzte Feuerfalke und das Schattenland
Band 6: Der letzte Feuerfalke und die dunkle Magie
Band 7: Der letzte Feuerfalke und das Wolkenland
Band 8: Der letzte Feuerfalke und das Silbermoor
Band 9: Der letzte Feuerfalke und der goldene Tempel
Band 10: Der letzte Feuerfalke und das geheime Labyrinth
Band 11: Der letzte Feuerfalke und die Unterwelt

Katrina Charman

DER LETZTE FEUERFALKE

und die Kristallhöhlen

Band 2

Illustriert von Jeremy Norton

Aus dem Amerikanischen übersetzt von
Klaus Mende und Sabine Tandetzke

Loewe

Für Maddie, Piper und Riley. – KC
Ich danke meinen Eltern, die mir gezeigt haben, wie wertvoll Kunst ist. – JN

ISBN 978-3-7432-0813-1
4. Auflage 2025
erschienen unter dem Originaltitel
The Last Firehawk – The Crystal Caverns

Published by Arrangement with SCHOLASTIC INC.,
557 Broadway, New York, NY 10012 USA
Dieses Werk wurde vermittelt durch die
Literarische Agentur Thomas Schlück GmbH, 30161 Hannover.

Aus dem Amerikanischen übersetzt von Klaus Mende und Sabine Tandetzke
Umschlag- und Innenillustrationen: Jeremy Norton
Umschlaggestaltung: Ramona Karl

Druck und Bindung: GGP Media GmbH, Karl-Marx-Straße 24, D-07381 Pößneck
produktsicherheit@loewe-verlag.de

www.loewe-verlag.de

Inhalt

Prolog

Im verborgenen Land Perodia liegt der Wald von Valor – ein Ort voller Magie und Licht. Dort führt eine weise alte Eule namens Grey die Eulen von Valor an. Diese tapferen Kämpfer beschützen die Geschöpfe des Waldes. Doch eine unheimliche Dunkelheit breitet sich über Perodia aus und lässt die Magie des Waldes und das Licht verblassen …

Der mächtige alte Geier Burung herrscht über den Schatten, einen dunklen Zauber. Er benutzt ihn, um Perodia zu vernichten –

und somit die Heimat aller, die dort leben. Die Flüsse trocknen aus und die Bäume verlieren ihre Blätter. Burung wird nicht aufhören, ehe Perodia zerstört ist. Talon, eine kleine Schleiereule, träumt davon, eine Eule von Valor zu werden. Er möchte seinen Wald beschützen und Burung und dessen Armee von Spionen bekämpfen. Doch dazu braucht Talon mehr als Mut und Tapferkeit. Denn nur die hellste Magie kann die Dunkelheit bezwingen.

Richtung Norden

Talon, Agila und Ruby standen an einem Strand mit goldgelbem Sand. Das tiefblaue Wasser glitzerte in der Sonne.

Gemeinsam studierten sie die magische Landkarte.

Agila zeigte auf die Blaue Bucht am unteren Rand. „Wir sind hier“, sagte sie.

Talon nickte und zog einen purpurroten Steinbrocken aus seinem Rucksack: den Teil des Steins der Macht, den sie schon gefunden hatten. Er fühlte sich ganz warm an.

Nachdem Talon den Stein auf die Karte gelegt hatte, begann ganz oben ein Punkt hell zu glühen.

„Das nächste Stück ist bei den Kristallhöhlen", sagte Agila.

„Eine Tagesreise", murmelte Talon.

„Piep!" Ruby tippte mit ihrem Schnabel auf eine lange gezackte Linie auf dem Papier.

„Die Zerklüfteten Berge", las Agila. „Ja, Ruby, die werden wir überqueren müssen."

„Burungs Spione sind überall", bemerkte Talon. „Wir sollten fliegen, dann kommen wir schneller voran."

„Äh, Eichhörnchen können nicht fliegen."

Talon grinste. „Du kannst dich auf den Rücken von Ruby setzen."

„Fliegen!", sagte Ruby. „Fliegen!"

Die beiden Freunde starrten sie an.

„Ihr erstes Wort!" Talon strahlte.

„Fliegen!", sagte Ruby noch einmal. Plötzlich standen ihre golden, rot und orange gefärbten Flügel in Flammen.

Talon schnappte nach Luft.

„Wow! Es sieht so aus, als hätte sie mehr als nur ein neues Wort gelernt!", staunte Agila. „Kann das Feuer ihr etwas anhaben?"

Talon schüttelte den Kopf. „Die Flammen können sie nicht verletzen. Weißt du noch, was Grey uns erzählt hat? Sie ist ein Feuerfalke und im Feuer geschlüpft."

Er drehte sich zu Ruby um. „Burungs Spione dürfen nichts über deine neue Fähigkeit erfahren. Er will dich jetzt schon in seine Gewalt bringen, damit du ihn zum Stein führst. Er könnte versuchen, deine Kräfte gegen Perodia einzusetzen."

Agila nickte. „Talon hat recht. Wir müssen deine Macht über das Feuer vor ihm verbergen."

Ruby schlug mit den Flügeln, aber die Flammen wollten nicht wieder ausgehen.

Talon und Agila schöpften mit großen Muschelschalen Wasser und schütteten es über sie. Von Rubys tropfnassen Federn stieg Dampf auf.

Sie piepste leise.

Plötzlich zog eine riesige graue Wolke über die Bucht und verdeckte die Sonne.

„Dunkel!", kreischte Ruby.

„Der *Schatten*!", schrie Talon. „Wir müssen hier weg!"

„Aber ich kann nicht auf ihrem Rücken reiten!", heulte Agila. „Ich werde zum gegrillten Eichhörnchen!"

„Es ist die einzige Möglichkeit", versuchte Talon sie zu überzeugen. „Ich bin zu klein, um dich zu tragen. Wir müssen die Kristallhöhlen erreichen, bevor Burungs Spione uns finden."

„Versprichst du mir, dass deine Flügel nicht wieder anfangen zu brennen?", fragte Agila Ruby, als sie auf ihren Rücken kletterte.

Sie nickte. „Piep!"

Talon verstaute die Landkarte und den Stein in seinem Rucksack.

Dann flogen die drei Freunde so schnell sie konnten Richtung Norden.

Die Zerklüfteten Berge

Die Sonne ging bereits unter, als Talon und Ruby weich im Schnee landeten. Sie waren den ganzen Tag ohne Pause geflogen. Nun standen sie am Fuß eines großen Gebirges.

„Endlich sind wir bei den Zerklüfteten Bergen", sagte Talon.

„Wir sind ziemlich schnell geflogen", sagte Agila, als sie von Rubys Rücken sprang. „Ich wette, Burung ist gaaaaanz weit hinter uns!"

„Es ist weit und breit nichts vom *Schatten* zu sehen", stimmte Talon ihr fröstelnd zu. „Aber es zieht ein Sturm auf."

Wuuu-Huuu!, heulte der Wind. Schneeflocken wirbelten durch die Luft.

Agila rieb ihre Pfoten aneinander. „Es ist so kalt!", jammerte sie und wickelte ihren dicken Schwanz um sich herum.

Talon schaute auf das Gebirge. „Die Kristallhöhlen müssen auf der anderen Seite sein", meinte er.

„Nicht fliegen?", fragte Ruby, als der Wind immer heftiger blies.

„Nein", antwortete Talon. „Wir können nicht fliegen – jedenfalls nicht durch diesen Sturm."

„Und wenn wir hier ein Lager aufschlagen, bis er vorbei ist?", schlug Agila vor.

Talon schüttelte den Kopf. „Es ist besser, wenn wir in Bewegung bleiben."

Er schaute nach oben. Das Gebirge war so hoch, dass es in den Wolken verschwand. „Wir werden klettern müssen."

„Bis zur Spitze?!", quiekte Agila.

Talon klopfte auf seinen Rucksack, um sicherzugehen, dass er gut verschlossen war. „Wir müssen das nächste Stück des Steins finden, bevor Burung *uns* findet."

Die Freunde begannen, einen steilen Berghang zu erklimmen. Als sie höher kletterten, fiel der Schnee immer dichter, sodass sie kaum noch etwas sehen konnten.

„R... Ru... Ruby", sagte Agila und ihre Zähne klapperten vor Kälte. „Könntest du uns mit deinem Feuer aufwärmen?"

„Piep!", antwortete sie.

„Die Wolken müssten den Schein der Flammen verbergen, aber lass sie nicht zu hell leuchten", warnte Talon.

Ruby überlegte einen Moment, dann nickte sie. Ihre Flügel begannen zu glühen und die flammenden Federn wurden immer heller und heißer.

Schon bald hatten Talon und Agila sich wieder aufgewärmt.

Dann kämpften die drei Freunde sich weiter durch den Sturm.

Schließlich erreichten sie den höchsten Gipfel der Zerklüfteten Berge.

Talon ließ seinen Rucksack fallen.

Der Himmel war nun wieder klar und es schien ein heller Vollmond.

„Von hier aus kann man ganz Perodia sehen", sagte Agila staunend.

Ruby sträubte ihre Federn. „Piep!", schrie sie und deutete mit dem Schnabel in die Ferne.

So weit das Auge reichte, war das Land im Norden glänzend weiß. Genau in der Mitte erhob sich ein Berg, der aussah wie ein gewaltiger funkelnder Diamant.

Talon grinste seine Freunde an. „Wir haben die Kristallhöhlen gefunden!"

Die Kristallhöhlen

Talon segelte den Berg hinunter, gefolgt von Ruby, auf deren Rücken Agila sich festklammerte.

Kurz darauf landeten sie unten auf dem glasklaren kalten Eis.

Fünf riesige Höhlen ragten in einem Halbkreis drohend vor ihnen auf. Ihre Eingänge waren von kleinen schmutzigen Schneehaufen umgeben.

Vom Himmel fielen glitzernde Schneeflocken.

Agila streckte ihre Zunge heraus, um eine von ihnen aufzufangen. „Diese Schneeflocken sind so weich wie Federn!", kicherte sie.

Ruby kreischte und schnappte mit ihrem Schnabel nach den Flocken.

Talon betrachtete die Höhlen und hoffte, dass das nächste Stück des Steins der Macht leicht zu finden war.

Plötzlich schrie Agila laut auf: „Aaah!"

„Agila?", rief Talon, doch sie war verschwunden.

Ruby stand piepsend vor einem Loch im Schnee, wo das Eichhörnchen eben noch gestanden hatte.

Talon flog zu ihr und schaute hinunter.

„Ich stecke fest!", rief Agila aus dem tiefen Loch hinauf. Sie versuchte hinauszuklettern, doch der Schnee bröckelte unter ihren Pfoten weg.

Talon reichte ihr einen Flügel. „Greif zu!"

Ächzend und stöhnend zog er so kräftig, wie er konnte.

Ruby hielt ihn an den Schwanzfedern fest und half ihm ziehen.

Schließlich hatten sie es geschafft und die

Freunde purzelten in einem Wust von Federn und Fell durcheinander.

„Danke, Leute!“, sagte Agila und bürstete erst den Schnee von ihrem Schwanz, bevor sie Ruby und Talon umarmte.

Plötzlich spürte Talon ein Kribbeln im Nacken, als würde jemand sie beobachten.

„Ich glaube, wir werden verfolgt“, flüsterte er. „Lasst uns weitergehen.“

Agila suchte den Himmel nach Burungs Spionen ab.

„Ich werde nach Tiger-Fledermäusen Ausschau halten“, sagte sie.

„Und nach Stachelameisen“, ergänzte Talon und schaute auf den Boden.

„Piep!“, stimmte Ruby zu und stampfte mit den Füßen.

Burungs Spione, dachte Talon mit einem Schaudern. *Tiger-Fledermäuse, Stachelameisen. Welche anderen dunklen Kreaturen warten wohl noch auf uns?*

Agila zeigte auf die fünf Höhlen. „In welcher ist denn nun der Stein?“, fragte sie.

„Das weiß ich nicht, aber die magische Landkarte wird uns den Weg zeigen“, sagte Talon. Er rollte die Karte aus und holte den Stein aus dem Rucksack.

Talon runzelte die Stirn. „Das ist seltsam ... Er fühlt sich ganz kalt an.“

„Warum funktioniert seine Magie nicht?“, fragte Agila.

Talon setzte sich auf einen der kleinen schmutzigen Schneehaufen, um nachzudenken.

„Ich weiß es nicht“, antwortete er. „Aber Ruby kann uns bestimmt zum nächsten Teil des Steins führen, oder?“

Ruby nickte.

Talon sah zu, wie sie zu den Höhlen hüpfte und der Reihe nach in jede Öffnung hineinschaute. Dann blieb sie in der Mitte vor dem größten Eingang stehen.

„Piep!“, rief sie.

„Ich glaube, Ruby will es mit diesem probieren“, sagte Agila.

Talon betrachtete die Höhle.

Doch bevor er etwas sagen konnte, bewegte sich plötzlich der Schneehaufen unter ihm!

Überraschung!

Talon sprang auf. Hinter ihm bewegte sich ein weiterer Schneehaufen und dann noch einer.

„Was ist hier los?“, schrie Agila und zog ihre Steinschleuder heraus.

Plötzlich brach die Schneedecke um sie herum auf.

Ruby schnappte mit ihrem Schnabel nach dem Schnee.

Dann tauchte ein großer Kopf aus einem der Haufen auf.

Es war ein riesiger schwarz-grau gefleckter Seehund!

„Können wir euch helfen?", fragte er mit donnernder Stimme.

Ruby hielt sich die Ohren zu. Der Klang wurde als Echo von den Höhlen zurückgeworfen, während Hunderte weiterer Seehunde aus dem Schnee auftauchten.

Der schwarz-graue Seehund schlurfte auf sie zu. Seine langen weißen Schnurrhaare wackelten, als er sich bewegte.

„W-w-w-wer bist du?", quiekte Agila.

„Ich bin Gilbert", sagte der Seehund und winkte mit seiner Flosse.

Talon musterte unauffällig seine Augen. Sie waren schwarz. „Hat Burung dich geschickt?“, fragte er.

Gilbert blinzelte. „Wer ist Burung?“

„Du hast noch nie von ihm gehört?“, fragte Agila.

Der Seehund schüttelte den Kopf. „Wir haben hier nicht viele Besucher. Ihr seid die ersten Tiere, die wir seit langer Zeit zu sehen bekommen.“ Er schaute Ruby genauer an. „Allerdings … Ich glaube, jemanden wie *dich* habe ich schon mal gesehen.“

„Piep!“, rief Ruby.

„Du hast einen Feuerfalken gesehen?“, fragte Agila.

Gilbert nickte. „Bist du ein Murmeltier?“, fragte

er. „Ich wollte immer schon mal ein Murmeltier treffen."

„Ha, ha, ha!" Agila fiel johlend vor Lachen um.

„Sie ist ein Eichhörnchen", erklärte Talon und stellte sich vor. „Ich bin Talon und eine Eule. Eines Tages werde ich eine Eule von Valor sein. Und das ist Ruby", fuhr er fort. „Der letzte Feuerfalke."

„Klingt ziemlich wichtig", sagte Gilbert.

Talon zeigte ihm das Stück vom Stein der Macht. Es war immer noch kalt. „Hast du so was schon mal gesehen?", fragte er.

Der Seehund schüttelte den Kopf.

„Wir glauben, dass ein ähnlicher Stein da drinnen versteckt ist“, sagte Agila und zeigte auf die größte Höhle.

„Oh nein!“, rief Gilbert. „Geht da bloß nicht rein. Da kommt ihr nie wieder raus!“

„Piep?“, fragte Ruby.

„Es ist zu gefährlich“, sagte er. „Vor einiger Zeit ist eine junge Robbe namens Coralie hineingegangen.“

„Was ist mit ihr passiert?“, fragte Talon.

„Wir haben sie nie wiedergesehen“, antwortete Gilbert.

Wääähhh!

Ein lauter, klagender Ton drang aus der großen Höhle.

Talon zog seinen Dolch.

„Vielleicht sollten wir bis zum Morgen warten …“, sagte Agila flüsternd und rückte dichter an ihn heran. „Wir könnten etwas essen und uns heute Nacht ausruhen."

„Ist es hier sicher?", fragte Talon.

„Wir werden euch beschützen", versprach Gilbert. Er rief mehrere Seehunde herbei, die rasch einen Wall aus Schnee bauten, um die drei Freunde zu verstecken.

Dann vergruben sie sich wieder unter ihren Schneehaufen.

„Wir werden die Höhle erkunden, sobald es hell ist", sagte Talon zu seinen Freunden.

Wääähhh!

Agila zuckte bei dem Geräusch zusammen. „Müssen wir da wirklich reingehen?“, fragte sie.

„Wir haben keine Wahl“, erwiderte Talon. „Wir müssen das nächste Stück des Steins finden. Ganz Perodia verlässt sich auf uns!“

Das Labyrinth

Talon wachte am nächsten Morgen früh auf. Er schaute nach, ob der Stein sicher im Rucksack verstaut war. Dann weckte er Agila und Ruby.

„Es ist Zeit aufzubrechen“, flüsterte er.

„Wir sollten erst mal einen Plan machen, damit wir uns nicht auch in dieser Eishöhle verlaufen wie der kleine Seehund Coralie“, schlug Agila vor.

„Piep!“, stimmte Ruby zu.

Talon nahm eine Handvoll von Agilas Eicheln

aus dem Rucksack. „Mit denen könnten wir doch unseren Weg markieren."

„Vielleicht brauche ich sie als Munition für meine Schleuder – falls Burungs Spione auftauchen", sagte Agila. „Können wir nicht stattdessen Nüsse nehmen?"

„Okay", sagte Talon und sprang über einen schlafenden Seehund. „Falls wir uns verlaufen, brauchen wir nur den Nüssen zurück zum Ausgang zu folgen."

„Dunkel!", schrie Ruby und schaute nach oben. „Dunkel! Dunkel!"

Eine schwarze Wolke bedeckte den Himmel.

„Der *Schatten*!", rief Talon.

Als der *Schatten* sich aus der Ferne langsam auf sie zubewegte, färbte sich das glitzernde weiße Eis plötzlich schwarz.

„Lasst uns losgehen!“, schrie Agila.

Ruby blieb stehen. „Piep!“, rief sie und deutete mit dem Schnabel auf die schlafenden Seehunde.

„Die sind unter dem Schnee versteckt in Sicherheit“, beruhigte Talon sie.

Die drei Freunde rannten in die größte Höhle.

Auf dem Weg ins Innere legte Agila Nüsse auf den gefrorenen Boden, um ihren Weg zu markieren.

„Hier ist es wie in einem riesigen Labyrinth aus Spiegeln“, sagte Talon, als sie durch die schimmernden Gänge wanderten. Vom Fußboden und von den Wänden blickte ihm sein Spiegelbild entgegen.

An einer Weggabelung blieben die Drei stehen.

„In welche Richtung sollen wir gehen, Ruby?“, fragte Talon.

Der kleine Feuerfalke hüpfte ein Stück in den einen Gang hinein, schüttelte den Kopf, drehte sich um und hopste in den anderen.

„Hier entlang?“, fragte Agila.

Ruby nickte. „Piep!“

Talon und Agila folgten ihr auf dem gewundenen Pfad, der sich hinauf und hinunter, nach links und nach rechts schlängelte, bis Talon plötzlich stehen blieb.

„Wartet! Hier sind wir schon entlanggegangen“, sagte er und zeigte auf die Nüsse auf dem Boden.

Agila seufzte. „Vielleicht weiß sie den Weg doch nicht?“

Ruby stampfte mit den Füßen auf. „Piep!“, protestierte sie.

Talon strich ihr beruhigend den Flügel.

„Tut mir leid", sagte er. „Das kann nicht der richtige Weg sein."

Sie machten kehrt und gingen in die Richtung zurück, aus der sie gekommen waren.

Talon blieb stehen. „Hier liegen auch schon Nüsse", sagte er.

„Piep!", sagte Ruby und hielt mit dem Schnabel eine Nuss hoch.

Sie gingen weiter, bis sich der Weg wieder teilte.

„Hier sind auch Nüsse!", rief Agila. „Wie kann es sein, dass hier *überall* welche liegen?"

Talon erschauerte. „Ich glaube, wir sind im Kreis gegangen. Wir haben uns verlaufen!"

„Verlaufen!", piepste Ruby. Agila umarmte sie.

„Wie sollen wir denn hier wieder herausfinden?", fragte Agila.

Talon schüttelte langsam den Kopf. „Ich bin mir nicht sicher …", sagte er und dachte an den kleinen Seehund. *Coralie ist für immer in dieser Höhle verschollen. Wer wird Perodia retten, wenn auch wir uns völlig verirrt haben?*

Der verschollene Seehund

Talon, Agila und Ruby standen vor zwei Wegen, die in verschiedene Richtungen führten. Auf beiden lag eine Spur aus Nüssen. Und in dem Gang, aus dem sie gekommen waren, lagen auch welche. Sie wussten nicht, in welche Richtung sie nun gehen sollten.

Wäääähhh!

Talon erstarrte. Es war der gleiche klagende Ton wie in der letzten Nacht – nur lauter.

Agila zog ihre Steinschleuder hervor.

Ruby flatterte mit den Flügeln, die daraufhin zu glühen begannen.

„Vorsichtig!“, warnte Talon sie. „Die Hitze deines Feuers würde das Eis schmelzen.“

„Dann hätten wir ein echtes Problem!“, sagte Agila.

Ruby stand wieder ganz still.

Wääähhh!

Der klagende Ton war abermals zu hören.

„Ich finde, wir sollten in eine andere Richtung gehen, weg von diesem unheimlichen Geräusch“, meinte Agila.

„Aber vielleicht stammt der Ton von jemandem – oder etwas –, der den Stein bewacht“, wandte Talon ein.

Ruby hüpfte den Gang entlang, aus dem der Schrei am lautesten erklang.

„Sieht so aus, als ob sie mir zustimmt“, sagte Talon zu Agila.

„Na schön!“, grummelte sie verärgert. „Aber ich werde meine Schleuder auf alle Fälle bereithalten.“

Ruby führte sie weiter den Weg entlang.

Nach einer Weile bogen die Freunde um eine Ecke.

„Hey!", sagte Agila und schaute auf den eisigen Boden. „Hier sind keine Nüsse mehr – auf diesem Weg waren wir noch nicht."

Wääähhh!

„Das Geräusch ist hier am lautesten!", sagte Talon und ging schneller. „Wir müssen schon dicht dran sein!"

Die Freunde bogen um die nächste Ecke. Der Gang erweiterte sich zu einer großen Höhle.

In der Mitte saß ein kleiner gefleckter Seehund auf einem großen Eisbrocken.

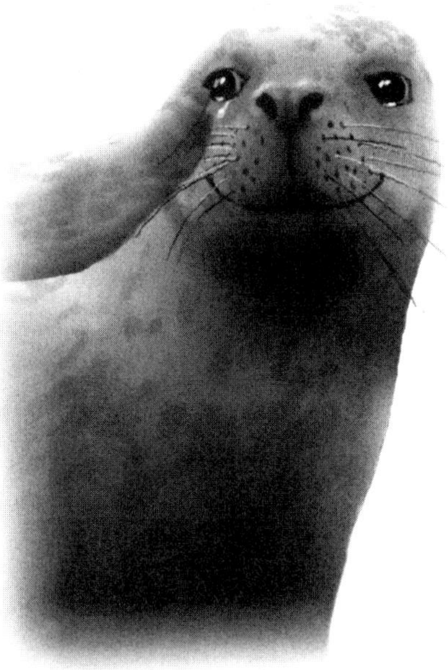

Als er Talon, Agila und Ruby sah, schnappte er überrascht nach Luft. „Ich bin gerettet!", rief er und wischte sich die Tränen fort.

Agilas Schwanz richtete sich auf. „Du musst Coralie sein – der verschollene Seehund!", rief sie.

„Ja", sagte Coralie. „Ich wollte nur die Höhle erkunden – das Glitzern darin war so schön! Aber dann habe ich nicht mehr hinausgefunden."

Der kleine Seehund schniefte. „Wie habt ihr mich gefunden?"

„Wir haben dein Geheul gehört und sind ihm gefolgt", antwortete Agila.

„Ich habe um Hilfe gerufen", sagte Coralie. „Ich war so allein!"

Talon blickte sich um. Alles, was er sah, war Eis. „Was hast du gegessen?", fragte er.

„Ich zeige es euch", antwortete sie und hackte mit ihren Zähnen ein Loch in den Eisboden.

„Seht doch!", rief Agila, als ein silberner Fisch vorbeischwamm.

Blitzartig schnappte Coralie danach und schluckte ihn hinunter.

„Entschuldigung", murmelte sie. „Wolltet ihr auch etwas davon abhaben? Ich bin nicht an Gäste gewöhnt."

Agila rümpfte die Nase. „Nein, danke!“, sagte sie.

„Also, wie kommen wir aus der Höhle wieder raus?“, fragte Coralie.

Agila seufzte. „Wir haben uns auch verlaufen. Unsere Landkarte hat uns den Weg hinein gezeigt, aber nicht, wie wir wieder hinauskommen.“

Als Talon Greys Karte hervorzog, fiel das purpurfarbene Stück des Steins der Macht zu Boden.

Schnell sammelte Ruby es wieder auf.

Coralies Augen wurden groß. „Wie habt ihr das denn aus dem Eis gekriegt?“, fragte sie.

„Moment mal", entgegnete Agila. „Du hast diesen Stein schon mal gesehen?"

Coralie betrachtete den Stein genauer. „Ja! Oder … jedenfalls einen, der so aussah wie dieser. Aber der war größer."

Talon hüpfte aufgeregt auf und ab.

„Kannst du uns da hinbringen?", fragte er.

Coralie schaute die Freunde an. „Sicher. Es ist nicht weit – wenn man schwimmen kann."

Die verborgene Höhle

Coralie führte die Freunde durch einen weiteren Gang zu einem großen Loch im Eis.

Agila steckte einen Zeh in das Wasser. „Es ist schrecklich k-k-kalt!“, rief sie.

„Müssen wir etwa *unter dem Eis* schwimmen?“, fragte Talon.

„Ja, hier drunter ist noch ein Gang“, sagte der Seehund. „Er ist voll Wasser, aber er führt zu einer verborgenen Höhle.“

„Und da hast du den Stein gesehen?“, fragte Agila.

Coralie nickte. „Es ist nicht weit“, beruhigte sie die anderen. „Nur ein kurzes Stück unter Wasser, dann tauchen wir auf der anderen Seite wieder auf.“

„Wir können aber nicht schwimmen ...“, murmelte Talon und schaute seine Freunde an.

Coralie strich sich über die Schnurrhaare. „Ihr könntet euch auf meinen Rücken setzen“, schlug sie vor.

Talon schaute zweifelnd zu den beiden anderen. *Passen wir alle drei auf ihren Rücken?*, fragte er sich.

„Schwimmen!“, piepste Ruby.

Platsch! Sie sprang ins Wasser und verschwand unter dem Eis.

Agila blieb vor Überraschung der Mund offen stehen.

„Sieht so aus, als könnten Feuerfalken auch noch schwimmen!", sagte Talon.

Coralie grinste. „Seid ihr bereit?"

„Ich hasse es, nass zu werden", grummelte Agila.

„Denk daran", sagte Talon, „es ist nur ein kurzes Stück."

Er kletterte auf den Rücken des Seehundes. Seine Freundin folgte ihm und klammerte sich an dem glatten Fell fest.

„Haltet die Luft an!", befahl Coralie.

Sie nahmen einen tiefen Atemzug und schlossen die Augen.

Der Seehund sprang in das eiskalte Wasser. Nach ein paar Sekunden tauchten sie in der verborgenen Höhle wieder auf.

Talon schüttelte gefrorene Tropfen von seinen Flügeln, während er sich in der kleinen glitzernden Höhle umsah.

„Es ist wunderschön hier!", sagte Agila, während sie Wasser aus ihrem Schwanz wrang.

„Au!", schrie Talon plötzlich. „Der Rucksack verbrennt mich!"

Schnell streifte er ihn ab. Der Rucksack rutschte über das Eis und blieb an der Wand liegen.

Die vier Freunde eilten hinterher und schauten hinein, als Talon ihn vorsichtig öffnete.

„Seht nur!“, rief Agila. „Unser Stein glüht!“

„Und er ist eindeutig wieder heiß!“, fügte Talon hinzu.

„Piep! Piep! Piep!“, machte Ruby und pickte an der Eiswand herum.

„Was ist los?“, fragte Talon.

Irgendetwas leuchtete tief im Eis. Das Licht wurde heller und heller – bis die ganze Höhle purpurrot funkelte.

Er schnappte nach Luft. „Das nächste Stück vom Stein der Macht!“

Die Kraft des Feuers

Die Freunde starrten den Stein an. Es sah aus, als ob er im Eis schweben würde.

„Ich habe ihn noch niemals leuchten sehen!", sagte Coralie und schützte ihre Augen vor dem Licht.

„Der Stein ist voller Magie", erklärte Talon. „Er scheint zu wissen, dass unser Stück in der Nähe ist."

„Wow!", flüsterte Coralie.

„Wie bekommen wir ihn aus dem Eis heraus?“, fragte Agila.

Talon legte einen Flügel auf die Wand aus Eis. Sie war so dick, wie er groß war. *Wir werden etwas wirklich Kraftvolles brauchen, um sie zu durchbrechen*, dachte er.

Dann erinnerte er sich an etwas: Grey hatte ihnen erzählt, dass man den Schrei eines Feuerfalken als Waffe einsetzen könnte. Den Beweis dafür hatte er erlebt, als Ruby sie damit im Wald von Valor vor dem Angriff der Tiger-Fledermäuse gerettet hatte.

Talon drehte sich zu ihr um. „Meinst du, du könntest mit deinem Schrei diese Eiswand zerbrechen?“, fragte er.

Sie nickte.

„Tretet zurück!“, ermahnte Talon Agila und Coralie.

Die drei Freunde hielten sich die Ohren zu.

„Piiiiiiiiieeeeeep!“, rief Ruby.

Talon runzelte die Stirn.

„Guter Versuch, aber das hörte sich lange nicht so laut an wie dein Schrei im Wald von Valor.“

„Versuch es noch mal“, meinte Agila. „So doll, wie du kannst.“

Ruby riss ihren Schnabel ganz weit auf. „Piiieeep!“

Sie schüttelte den Kopf. Ihr Schrei war einfach nicht laut genug.

„Ist schon in Ordnung, Ruby“, sagte Talon. „Du musst erst noch lernen, wie du deine Kräfte richtig einsetzt. Wir werden uns etwas anderes überlegen.“

„Vielleicht kann ich den Stein ausgraben!“, sagte Agila. Sie kratzte mit ihren scharfen Krallen am Eis, aber sie hinterließen kaum eine Schramme.

„Lasst mich mal versuchen“, sagte Talon und zog seinen goldenen Dolch. Es gibt nichts Schärferes als diese Klinge, dachte er und hackte auf das Eis ein, bis sein Flügel wehtat. Aber er kam dem Stein kein bisschen näher.

Agila ließ ihren Schwanz sinken. „Wir werden niemals an ihn rankommen!“

Talon schaute wieder zu Ruby. „Grey hat uns

erzählt, nur ein Feuerfalke könnte den Stein der Macht zurückbringen …“

„Ja“, stimmte Agila zu. „Aber das mit ihrem Schrei funktioniert nicht.“

„Wir haben keine Wahl“, sagte er. „Ruby muss die Kraft ihres Feuers nutzen.“

Der Stein der Macht

Ruby bewegte ihre Flügel ein paarmal vorsichtig auf und ab. Die Federn begannen zu glühen.

Coralie starrte sie an. „Ist Ruby auch magisch?"

Talon nickte. „Sie und der Stein sind irgendwie miteinander verbunden. Und ihre Federn können sich in Flammen verwandeln."

„Flammen?" Der kleine Seehund zitterte vor Angst. „Die Eishöhle wird schmelzen!"

„Nicht, wenn sie vorsichtig ist“, sagte Talon. Er wandte sich an Ruby. „Glaubst du, dass du es diesmal kontrollieren kannst?“

„Piep!“, antwortete der kleine Feuerfalke energisch.

Agila blickte skeptisch. „Die Macht ihres Feuers ist sehr stark. Sie ist jung. Sie muss erst noch lernen, mit ihren besonderen Kräften umzugehen.“

„Ruby kann das“, sagte Talon. „Wir müssen ihr vertrauen.“

„Aber richte deine Flammen nur auf diese Wand“, bat Agila den kleinen Feuerfalken.

„Alle zurücktreten!", befahl Talon.

Er, Agila und Coralie entfernten sich ein Stück von Ruby und der Wand aus Eis.

Ruby schlug mit ihren Flügeln. Erst langsam, dann schneller. Feder für Feder begannen sie rot, orange und gelb zu leuchten.

Dann berührte Ruby die Wand mit ihren brennenden Schwingen.

„Es funktioniert!“, rief Talon. Das Eis begann zu schmelzen und bildete eine Wasserpfütze.

Ruby presste ihre zitternden Flügel gegen das Eis. Dichter und dichter kam sie an das nächste Stück des Steins der Macht heran.

„Du bist schon ganz nah dran!“, rief Agila und hüpfte aufgeregt auf und ab.

„Du schaffst es!“, rief Talon.

Die Flammen schlugen höher und höher. Rubys Flügelspitzen berührten schon fast den Stein ... Doch plötzlich zuckte sie zurück.

„Piep!“, schrie Ruby. Ihre Federn schienen in einem hellen Blitz zu explodieren.

„Sie verliert die Kontrolle!“, rief Talon. „Die Höhle schmilzt!“

Agila huschte zu ihr hin. „Bleib ruhig“, flüsterte sie.

Ruby schlug mit ihren feurigen Flügeln und versuchte die Flammen zu löschen, doch sie brannten nur noch heftiger.

„Oh nein, die Decke!“, jammerte Coralie.

Wasser tropfte auf Talons Kopf. Die Wände bewegten sich. Gezackte Risse schossen durch den Boden.

„Schnell, Ruby! Ins Wasser!", rief Talon.

Ruby drehte sich um und sprang in das eiskalte Wasser. Ihre Federn zischten. Dann tauchte sie unter, um in die große Höhle zurückzuschwimmen.

Agila hüpfte auf Coralies Rücken. „Komm schnell, Talon!", rief sie. „Wir müssen Ruby folgen und hier raus!"

„Ich kann nicht ohne den Stein gehen!", schrie Talon und rannte zu dem Loch in der Wand. In diesem Moment brach der Boden auf.

In der Falle

Talon schwang sich in die Luft, bevor er von dem berstenden Eis unter Wasser gezogen wurde. Geschickt wich er den herabstürzenden Teilen der Höhlendecke aus.

„Pass auf!“, riefen Agila und Coralie aus dem Wasser.

Talon stieß zuerst seinen rechten Flügel in die aufgeweichte Wand, dann ergriff er mit seinen scharfen Krallen den Stein.

„Er steckt fest!“, schrie er.

„Beeil dich!“, rief Agila.

Talon zog, so fest er konnte. Schließlich löste sich der Stein, aber dann rutschte er ihm aus den nassen Krallen und landete auf einem schwimmenden Eisbrocken. Talon konnte ihn nicht erreichen.

Wie in Zeitlupe rutschte der Stein auf das kalte Wasser zu …

Agila hechtete mit einem gewaltigen Sprung auf den Eisbrocken und fing ihn im letzten Moment mit ihrer Pfote auf.

Talon zog scharf die Luft ein. „Das war knapp!"

„Nichts wie weg!", drängte Agila.

Rasch sprangen sie wieder auf Coralies Rücken. Alle holten tief Luft und tauchten ab.

Einen Augenblick später waren die Freunde wieder in der großen Höhle.

„Sind wir jetzt in Sicherheit?", fragte Agila.

Sie schauten sich um. Die Wände sahen genauso stabil aus wie vorher.

„Wahrscheinlich", antwortete Coralie. „Ich glaube, sie hat nur die verborgene Höhle geschmolzen."

Ruby ließ den Kopf hängen und piepste leise.

„Sei nicht traurig", sagte Agila und umarmte sie. „Du hast deine Sache prima gemacht!"

Talon zeigte ihr das neue Stück des Steins der Macht. „Schau! Das hätten wir ohne dich – und die Kraft deines Feuers – nicht bekommen."

„Piep!", rief Ruby und tanzte in der Höhle herum.

Talon hielt die beiden warmen Steinbrocken hoch. Man konnte sehen, dass sie genau zusammenpassten, aber es blieb eine große gezackte Lücke, wo offenbar noch weitere Teile fehlten.

„Lasst uns von hier verschwinden“, sagte er. „Ich werde das Gefühl nicht los, dass jemand uns verfolgt.“

„Hoffentlich ist es nicht Burung“, flüsterte Agila.

„Wer ist Burung?“, fragte Coralie.

Agila erschauderte. „Das willst du nicht wissen.“

„Burung ist ein böser Geier“, erklärte Talon. „Mithilfe eines dunklen Zaubers, dem *Schatten*, will er Perodia zerstören. Wahrscheinlich ist der Stein das Einzige, was ihn aufhalten kann.“

„Ich hoffe, dass ich ihn niemals treffe“, murmelte Coralie.

„Wir sollten uns lieber beeilen“, mahnte Agila. „Welchen Weg sollen wir nehmen?“

„Lasst uns den Nüssen folgen“, schlug Talon vor. „Wenn wir sie eine nach der anderen aufsammeln, müssten wir eigentlich wieder hinausfinden.“

Agila grinste ihn an. „Guter Plan!"

„Nüsse!", piepste Ruby und hüpfte herbei, um eine Nuss mit ihrem Schnabel aufzuheben.

Während Talon sie einen schmalen Gang entlangführte, hob er die Nüsse auf und warf sie in seinen Rucksack.

Aber schon bald standen die Freunde vor einer unüberwindlichen Wand aus Eis.

„Wie sind die Nüsse hierhergekommen?", murmelte Talon. „Das ist doch eine Sackgasse."

„Verlaufen!", piepste Ruby.

„Wir haben uns nicht verlaufen", erklärte er ihr. „Wir haben bloß ..."

„Äh ... Talon“, unterbrach ihn Agila und tippte ihm auf die Schulter.

Als er sich umdrehte, keuchte er vor Schreck.

Vor ihnen standen zwei riesige gefleckte Eisleoparden, einen Haufen Nüsse zwischen ihren Tatzen.

Ihre scharfen Zähne ragten wie Eiszapfen aus den gewaltigen Kiefern.

Die Eisleoparden knurrten und gruben ihre Krallen ins Eis. Ihre Augen funkelten hellrot.

Talon schluckte. „Spione von Burung!“

„Burung hat Spione?!“, quietschte Coralie und hielt sich mit den Flossen die Augen zu.

„Sie müssen unseren Nüssen gefolgt sein – und sie dann woanders hingelegt haben, um uns in die Falle zu locken!“, sagte Agila und zückte ihre Steinschleuder.

Rubys Federn zitterten. Talon stellte sich vor sie.

„Wir sitzen in der Falle!“, schrie Coralie.

Zeit zu kämpfen!

Grrr! Die Eisleoparden knurrten, als sie sich langsam den vier Freunden näherten. Talon konnte schon ihren heißen Atem auf seinen Federn spüren.

„Ruby! Coralie! Stellt euch hinter uns!“, rief er und zog seinen Dolch.

Agila stand neben ihm, bereit zum Gefecht. „Zeit zu kämpfen!“, rief sie.

Sie lud eine Eichel in ihre Schleuder und

schoss sie blitzschnell in das linke Auge des einen Leoparden.

Der wich zurück und brüllte vor Schmerz.

Wieder lud Agila ihre Schleuder und zielte auf den anderen Eisleoparden.

Die Raubkatze schlug mit ihren Krallen nach Talon, aber er duckte sich gerade noch rechtzeitig.

„Bleibt zurück!", schrie er und schwenkte drohend den Dolch vor seinem Gegner.

Als Agila eine weitere Eichel abschoss, wich die riesige Katze fauchend zurück.

Grrr! Die Leoparden knurrten Furcht einflößend. Sie gingen am Ende des Weges auf und ab und hielten die vier Freunde so in der Sackgasse gefangen.

„Warum greifen sie nicht an?“, fragte Coralie.

„Wahrscheinlich warten sie auf Burung“, antwortete Agila schaudernd.

Wir müssen einen Weg hier raus finden, dachte Talon. *Ich werde dem alten Geier den Stein der Macht nicht überlassen – und Ruby auch nicht.*

In diesem Moment entdeckte er die großen Eiszapfen, die von der Decke hingen – genau über den Köpfen der Leoparden.

„Ruby", flüsterte er, „kannst du die mit deiner Feuermagie treffen?" Er blickte unauffällig nach oben.

Sie betrachtete die Decke und nickte. „Du schaffst das", sagte Talon zuversichtlich. „Aber nur die Eiszapfen runterholen – nicht die ganze Höhle schmelzen!"

Ruby schlug mit den Flügeln. Ihre Federn wurden heißer und heißer, bis kleine Flammen erschienen.

Den Eisleoparden standen vor Überraschung die Mäuler offen. Sie wichen vor den brennenden Flügeln des Feuerfalken zurück. Ruby zielte auf die Decke der Höhle.

„Nicht schon wieder!", schrie Agila und brachte sich in Sicherheit.

Coralie hielt sich mit den Flossen die Augen zu.

Wumms!

Feuerblitze schossen aus Rubys Flügeln und trafen die Eiszapfen.

Talon hielt gespannt die Luft an. Zuerst passierte gar nichts.

Doch bald war ein lautes Knarren zu hören, dann ein Knacken. Die Leoparden schauten nach oben und jaulten erschrocken auf, als die riesigen Eiszapfen herunterfielen.

Ohne Ausweg

Krach!

Die großen Eiszapfen zersprangen direkt vor den Eisleoparden in Tausende Stücke.

Die Kreaturen fauchten und knurrten mit rot glühenden Augen.

„Das hat sie richtig wütend gemacht!", sagte Agila.

Wumms! Wumms!

Noch einmal schossen aus Rubys Federn Feuerblitze gegen die Höhlendecke. Die Eisleoparden wichen zurück.

Ruby schlug mit den Flügeln. Die Flammen wurden immer größer. „Piep! Piep!"

Als ein kleiner Feuerball knapp an Agilas Ohr vorbeischoss, duckte sie sich auf den Boden.

„Oh nein!", schrie Coralie und steckte ihren Kopf in einen Schneehügel.

Ein weiterer riesiger Feuerblitz schoss aus Rubys Flügeln hervor.

Ein lautes Krachen war zu hören, als Teile der Höhlendecke herunterfielen. Berge von Eis und Schnee versperrten den Leoparden den Weg.

„Gut gemacht!“, lobte Talon.

„Piep!“ Ruby sank auf den Boden. Ihre Flügel rauchten zwar noch, brannten aber nicht mehr.

„Du hast es geschafft!“, jubelte Agila. „Du hattest deine Kraft unter Kontrolle. Und Burungs Spione können uns nicht mehr erreichen!“

Aber nun saßen die vier Freunde wirklich in der Falle. Sie steckten hinter einem riesigen Schneehaufen am Ende einer eisigen Sackgasse fest.

Coralies Kopf tauchte aus dem Schneehügel auf. „Und wie kommen wir jetzt hier weg?"

„Vielleicht können wir uns durch diese Wand graben?", überlegte Talon laut.

Agila schüttelte den Kopf. „Das Eis ist zu dick", sagte sie.

„Ruby könnte ein Loch hineinschmelzen", schlug Coralie vor, doch der kleine Feuerfalke hob nur die müden Flügel.

„Sie hat sich völlig verausgabt", sagte Talon.

Plötzlich spitzte Agila die Ohren. „Hört ihr das?", fragte sie.

Talon lauschte aufmerksam.

Grrr! Kratz!

Ein tiefes Knurren und scharrende Geräusche drangen gedämpft an sein Ohr. Er drehte sich zu dem großen Schneehaufen um. Der war das Einzige, was die Eisleoparden davon abhielt, zu seinen Freunden zu gelangen – und zum Stein der Macht.

„Die Eisleoparden! Sie kommen, um uns zu holen!", schrie Talon.

Die Flucht

Kratz! Scharr! Die Eisleoparden wühlten und gruben sich mit ihren Zähnen und Klauen durch das Hindernis.

„Tu doch was, Talon!“, schrie Agila.

Er flog auf die Spitze des gewaltigen Schneehaufens. Zwei große rote Augen starrten ihn an. Der Eisleopard schlug mit seiner Pranke nach ihm.

Als Talon vor Schreck zu Boden fiel, öffnete sich sein Rucksack.

Nüsse, Eicheln und Greys magische Landkarte rutschten über das Eis – zusammen mit den beiden Stücken des Steins der Macht.

Agila hob die Steinbrocken auf. Sie leuchteten von innen heraus.

„Sie sind noch warm“, sagte sie zu den anderen.

Talon bemerkte, dass ihre Pfoten zitterten.

„Ist alles in Ordnung mit dir?“, fragte er.

„Das bin nicht ich – das sind die Steine! Sie bewegen sich!“, sagte Agila und hielt sich die beiden Stücke des Steins der Macht an die Ohren. „Und sie summen!"

„Sei vorsichtig", warnte Talon. „Der Stein ist voll mächtiger Magie – wer weiß, welche Kräfte diese beiden Teile besitzen."

Agila legte die Stücke auf den Boden. Talon beobachtete mit großen Augen, wie sie immer stärker vibrierten. Die Steine summten lauter und lauter, bis es klang wie tausend Bienen.

Plötzlich glitten die beiden Teile des Steins der Macht aufeinander zu. Ein Blitz aus grellem Licht erhellte die Höhle.

Als Talon wieder hinschaute, lagen dort nicht mehr zwei Teile, sondern nur noch eines.

„Wow!", flüsterte er.

„Wusstest du schon vorher, was passieren würde?", wollte Agila von Ruby wissen.

Ruby zuckte mit den Schultern.

„Immerhin waren die Feuerfalken die Hüter des Steins", sagte Talon und griff nach ihm. „Au, er ist heiß!" Erschrocken ließ er ihn auf den Boden fallen.

Kratz! Scharr! Ein weiterer Schneebrocken krachte vom Haufen herunter. „Die Eisleoparden kommen näher", sagte Agila. „Wir müssen uns beeilen!"

„Seht mal!", sagte Coralie und zeigte auf den Stein, der eine Pfütze in das Eis geschmolzen hatte.

Talon grinste. „Ruby ist vielleicht zu müde, um die Kraft ihres Feuers einzusetzen, aber wir können den Stein der Macht benutzen, um das Eis zu schmelzen. Nachdem die beiden Teile sich verbunden haben, ist er bestimmt noch mächtiger. Schnell, bevor die Hitze nachlässt!"

Agila runzelte die Stirn. „Der Stein ist zu heiß, um ihn festzuhalten ..."

„Nicht für einen Feuerfalken!", erwiderte Talon.

Ruby nahm den Stein in den Schnabel und drückte ihn gegen die Eiswand.

Das Eis schmolz, bis ein Loch entstanden war, durch das sie alle hindurchpassten. Sonnenlicht schien in die Höhle.

„Es hat funktioniert!", rief Agila, während sie sich hinausdrängten.

Ruby ließ den heißen Stein in den Rucksack fallen.

Wuuusch! Schnee und Eis stürzten hinter ihnen herab, als die beiden wütenden Eisleoparden durch den Schneehaufen stürmten.

„Lauft!", schrie Talon.

Der Schrei des Feuerfalken

Talon griff nach seinem Dolch, als die riesigen Raubkatzen durch das Loch in der Wand sprangen.

Eine landete direkt vor ihm.

Als der Leopard nach seinen Flügeln schnappte, konnte er den heißen Atem der dunklen Kreatur auf seinen Federn spüren.

Agila schoss mit Eicheln auf den anderen Eisleoparden, die aber von seinem dicken gefleckten

Fell abprallten. Sie wurde von ihm in die Enge getrieben.

„Wir sind verloren!", schrie Coralie und kroch unter einen großen Schneehügel.

Talon blickte zu Ruby, die neben ihm stand. *Ich muss sie in Sicherheit bringen!*, dachte er.

Doch bevor Talon irgendetwas tun konnte, lief Ruby auf die Bestien zu.

„**Aiiiii-iiie!**", rief sie, als sie mit glühenden Flügeln auf die Eisleoparden zustürmte.

Die beiden jaulten auf und fielen zu Boden, als der Feuerfalke noch einmal durchdringend kreischte.

Die riesigen Zähne der Eisleoparden zersprangen in Hunderte kleiner Stücke, die zwischen ihren Tatzen in den Schnee fielen. Die Leoparden rappelten sich auf und rannten davon.

„Das war fantastisch!", dröhnte eine tiefe Stimme hinter ihnen.

Talon, Agila und Ruby drehten sich um.

Auf einem Schneehügel lag Gilbert und klatschte begeistert mit den Flossen.

Ein weiterer Seehund steckte seinen Kopf aus dem Schnee, dann noch einer und noch einer.

„Du hast es geschafft, Ruby!“, sagte Talon. „Dein Schrei hat uns gerettet!“

„Coralie, bist du das?“ Ein Seehund robbte über das Eis zu der Stelle, wo Coralie sich versteckte.

„Mama?“, rief Coralie und hob den Kopf aus dem Schnee.

Die Seehunde umarmten einander.

„Mein Baby!“, schluchzte Coralies Mutter.

Gilbert drehte sich zu Talon um. „Wir können euch gar nicht genug danken. Sollten du und deine Freunde jemals Hilfe brauchen, sind die Seehunde an eurer Seite.“ Er zeigte mit einer Flosse auf das Eis, das durch den *Schatten* schwarz geworden und von Rissen durchzogen war. „Wir haben gesehen, welchen Schaden Burung anrichten kann.“

„Kommt uns mal wieder besuchen“, forderte Coralie ihre neuen Freunde auf.

Nachdem sie sich verabschiedet hatten, verkrochen sich die Seehunde wieder unter ihre Schneehaufen.

Talon überprüfte ihre Vorräte.

„Rubys Macht über das Feuer ist nun kein Geheimnis mehr“, sagte Agila. „Burung wird jetzt noch entschlossener sein, sie zu finden – und den Stein der Macht.“

„Wir müssen noch schneller vorankommen als bisher, um ihm voraus zu sein", erwiderte Talon.

Ruby zog Greys Landkarte aus dem Rucksack und ließ sie auf seine Füße fallen. „Piep!"

„Ja, Ruby", sagte er. „Wir haben zwar das zweite Stück des Steins gefunden, aber es gibt noch weitere, die wir suchen müssen. Das wird eine lange Reise."

„Und wo müssen wir als Nächstes hin?", fragte Agila.

Talon breitete die Landkarte flach auf dem Boden aus. Er legte den Stein der Macht, der immer noch warm und nun etwas größer war, oben drauf.

Ein heller Punkt erschien. „Flüsternde Eiche", las Talon vor.

Agila zeigte auf die Karte. „Es wird nicht so einfach sein, die Wanderdünen zu durchqueren", sagte sie.

„Gemeinsam schaffen wir das“, antwortete er. „Wir müssen Perodia retten!“

„Piep!“, sagte Ruby lächelnd.

Talon schaute nach Westen. „Unser Abenteuer geht weiter.“

Katrina Charman wollte Kinderbuchautorin werden, seit sie elf war. Damals forderte ihr Lehrer die Klasse auf, ein Nachwort zu Roald Dahls Buch *Matilda* zu schreiben. Katrinas Lehrer fand ihren Text gut genug, um ihn an Roald Dahl persönlich zu schicken. Leider hat sie nie eine Antwort erhalten, aber dieses Erlebnis entfachte ihre Liebe zum Lesen und Schreiben. Katrina lebt mit ihrem Mann und ihren drei Töchtern in England.

Jeremy Norton ist ein erfahrener Illustrator und Maler. Schon als Kind war er ein fantasievoller und produktiver Künstler und er versucht nach wie vor, in seinen Arbeiten ein Gespür für das Wunderbare zu vermitteln. Jeremy Norton lebt in Spanien. *Der letzte Feuerfalke* ist seine erste Reihe für Leseanfänger.

Nur die hellste Magie kann den Schatten besiegen

Band 3
ISBN 978-3-7432-0814-8

Die Zeit drängt – Burungs finstere Magie breitet sich weiter über Perodia aus. Talon, Agila und Ruby müssen sich beeilen, um das nächste Stück des Steins der Macht zu finden. Auf ihrem Weg zur flüsternden Eiche werden die drei Freunde von einem gefährlichen Sandsturm überrascht. Werden sie es schaffen, ihm zu entkommen und den Stein vor Burungs Spionen zu retten?

Loewe
Das will ich lesen!

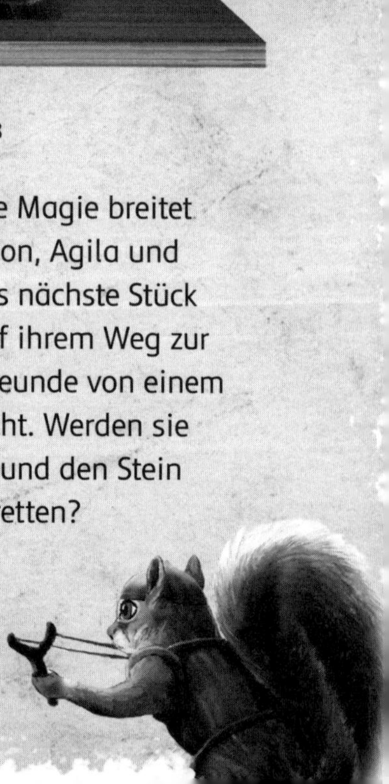

Band 4
ISBN 978-3-7432-0815-5

Band 5
ISBN 978-3-7432-1465-1

Band 6
ISBN 978-3-7432-1466-8

Band 7
ISBN 978-3-7432-1525-2

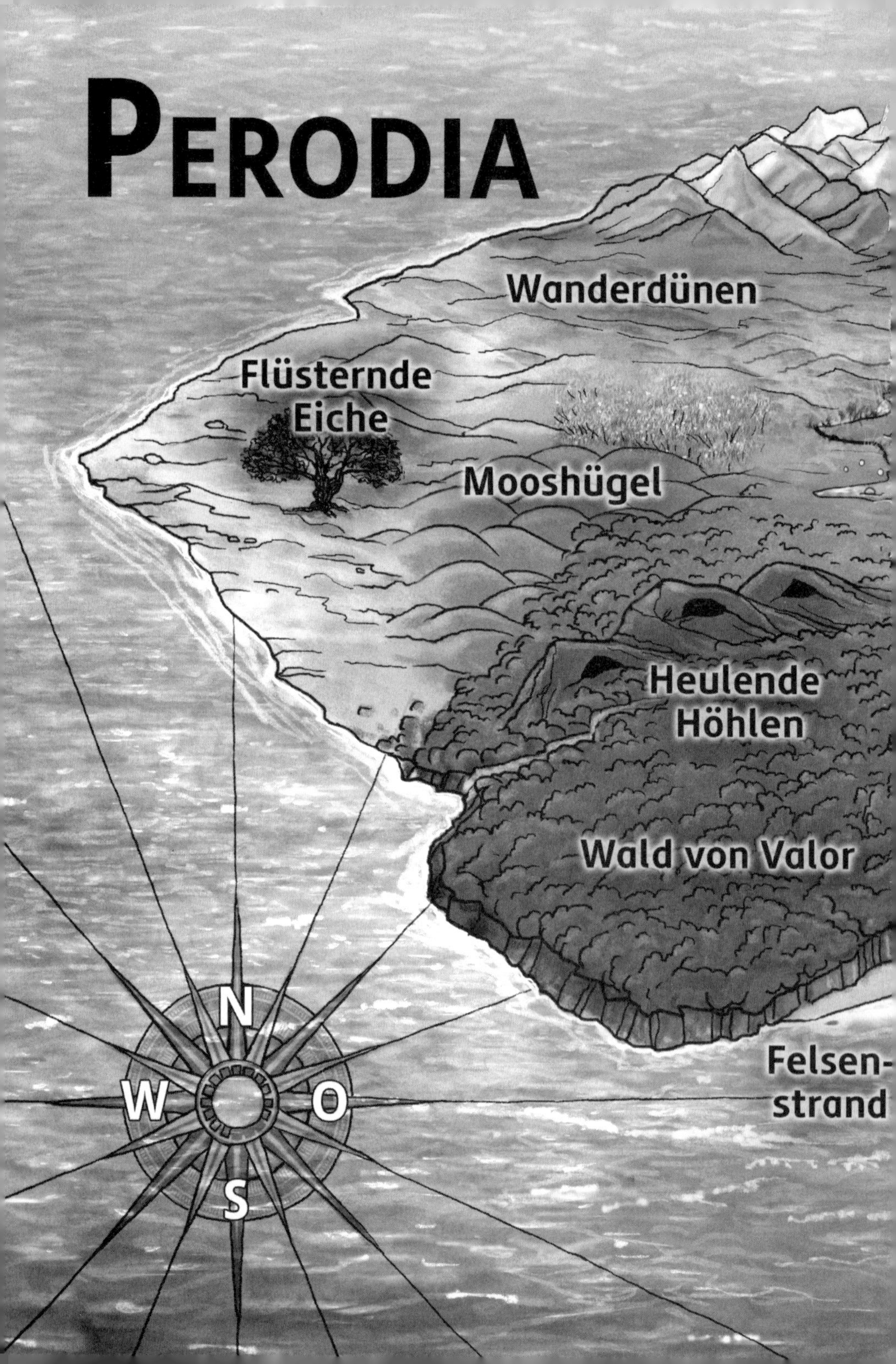
PERODIA
Wanderdünen
Flüsternde Eiche
Mooshügel
Heulende Höhlen
Wald von Valor
Felsen-strand
N
W
O
S